KB124359

번뇌의 시간, 꽃으로 피다

김동우 시인
1956년 1월 4일 서울생
서울예술대학 문예창작과 졸업
대한출판문화협회 편집인 대학 수료
금성출판사 세계문학부 근무
영림카디널 편집장 재직
'낮달' 시 동인으로 시 창작 활동
은퇴 후 효소, 식초, 간장, 된장, 고추장 등 발효식품 만드는 일에 집중

번뇌의 시간, 꽃으로 피다

초판 인쇄 / 2022년 11월 7일
초판 발행 / 2022년 11월 11일

지은이 / 김동우
펴낸곳 / 도서출판 말벗
펴낸이 / 박관홍
등록번호 / 제 2011-16호

주소 / 서울 영등포구 문래로4길 4 현대상가 204호
전화 / 02)774-5600
팩스 / 02)720-7500
메일 / malbut1@naver.com
ISBN 979-88286-32-4 03800

www.malbut.co.kr
ⓒ 김동우

* 본서는 저작자의 지적 재산으로서 무단 전재와 복제를 금합니다.

하림시인선 07

번뇌의 시간, 꽃으로 피다

김동우 시인

작가의 말

시인의 마음 속에 있는 예쁜 꽃처럼 보여지는 그것이 그런다 웃자고 하네요.

보기가 좋은 그 꽃 어화라 둥둥 떠다니는 것 같은데요. 예쁘다. 지금도요. 아름다운 것을 모르고 본다. 처음인 것 같다고는 해도 그렇네요. 그 꽃 어디서든 웃고 꽃이어서 그래도 보기가 좋게 된다고 해요. 그런 꽃이어야 한다고 생각합니다.

그 곳에는요. 예쁜 꽃들이 웃고들 피어 있어요. 우연히 보게 되는 일이 하나도 없다. 낮은 곳에 있는 것이 참 힘이 든다고 해도 그렇네요.

그 꽃이어라. 그런 예쁘게 꽃이더라. 어쩌면 좋노? 부끄럽게 그러네. 미치도록이다. 그것을 보고 있어요. 지금은 그냥 그런대로 괜찮은 것 같은데 예쁘다 시를 쓰고 있는 것이 그래요. 이제서야 봤네요. 그 꽃이어라. 처음인 그것을 빨갛게 들 수줍게요. 사랑인 장미꽃 한 송이 남겨두고 있어요.

시인의 그런 마음이 이른 새벽에는 아침이슬 영롱하게요. 그렇게요. 첫눈이 내리고 있는 그날까지 다 어딘가에 편하게요. 즐거운 시간 보내고 있겠지만 해님을 위해 열심

히들 희망 가까이에 있다고 하더이다.

　꿈을 꾸고 있어요. 그런 마음으로 사네요. 나눔 나눔 그 나누는 모습이 빨간 꽃이어라, 그렇게 시를 쓰고 있어요.

　사랑을 한다고 해요. 미소를 짓고는 그 시를 쓰고 있어요. 색깔은 상관없고 그저 좋아서 해맑게 웃고들 피는 그 꽃이 었으면 좋겠습니다.
　요 시집이 저 꽃길에 있더라도 당신 곁에 있을 거라고 생각합니다.

　웃고들 보네요. 저 아이들이 너무 많이 좋아서 그래요. 사랑으로 바라보는 것이 그런다, 허허 이제는 좀 더욱 그렇대요.
　저 길가에 웃고 꽃으로들 핀 저 들꽃이어요. 시를 쓰더라 웃고요. 보라보라 그 보라, 여기에 와서는 무지개처럼 보이는 것을 보면 다 그 아름다운 시를 세세하게 신경 쓰지 않고도 그런다 알 수가 있다고들 해요.

　사랑인가요? 그 꽃님네들이 수줍어서 말도요 제대로 못하고서요. 웃고들, 꽃이 꽃으로들 예뻐서요, 본다

2022년 늦가을에

차례

7

9

1부
너도 있었구나

민들레 여럿

웃고들 있는 민들레
보기에 좋다

함께여서도 좋고
구김 없어 보여서도
그렇다

봄날엔 그래
그저 웃고만 있어도
행복이다

민들레

잡초라고는 해도
밟혀서도 피는
그 꽃
민들레

누가 돌봐주는 이 없는데도
노랗게 하얗게
꽃으로들 피어 있네

밟혀서도
그 꽃들
그 민들레

대단하지 않은가
그것도
밟힌 그것이
웃고들 피어 있네

저 꽃

저기 보이는
저 꽃

누군가의 발아래
밟혀서도 웃고들 피어 있는
저 민들레 그
저 꽃

저요 저요
우리도 자세히 보면
예쁜 꽃이라고들 한다

밟혀서도 넓은 마음으로
웃고들 있네
예쁘게들 피어 있는
그 민들레

밟힌 그것이
누군가에게 고통인 줄 모르고

생각 없이 밟고 있는 마음들을
부끄럽게 하네

웃고들 핀 그
저 꽃

번뇌의 시간, 꽃으로 피다

후회

그냥
놔둘걸
보고만 있어도
좋은데

꽃들이 예쁘게들
피어 있는
그것 말이네
후회

욕심을 내어
그 꽃들을 꺾고는

내 손이
그 욕심을 내고 한 일

화병에서
제 수명을 다하지 못하고
꽃잎 인상들 구기고 있네

시들시들 떨어지는
그 슬픈 모습

그냥 놔두었으면
좋았을걸
뒤늦은 후회

낙화의 아픈
마음을 본다

번뇌의 시간, 꽃으로 피다

발길 머무는 곳

동네 한 바퀴 돌다가
만족하지 못하고
자전거 타고 가네

전국 어디든
방방곡곡
그 발길
머무는 곳

어디든지 꽃길이어라
백반 기행 맛들 찾아서
가는 길이어라
여기저기 길가에 핀
꽃들이 웃고 있다

이 맛 저 맛 여기저기들
아이고 이 맛이네
늘 이곳저곳에서
산해진미가 기다리고 있네
유쾌 상쾌하게
발길 머무는
그곳

화전

계절마다 가지각색
여러 빛깔로 피는 꽃들이

화전
아궁이에 불을 지피고
솥뚜껑 뒤집어놓은 곳에서
색다른 꽃으로 다시 피었네
또한 맛을 내면서
전, 그 꽃전을 부치는
아낙네의 얼굴에 화색이 도는
웃음꽃도 함께

꽃들이 웃네

꽃은 좋아하는데
꺾지는 않네

꽃들이 웃네

내가 그러는 그것을 보고
아이~ 좋다고들
그 꽃들이 웃으며 피네

어느 한 개인만 좋아하라고
핀 것은 아니라면서
맞네 맞네
나만 보려고
꺾어버리면

시들
시들

꽃 Ⅰ

씨를 뿌려야
그 맛을 안다

꽃이 피는
그 맛을

꽃씨를 뿌리지 않고
가만히 있으면서
자연적으로 느낄 수 있는
꽃들이 피네요
그런 것들은 없네

누군가에게 그냥
꽃씨를 뿌리라고 해봐요
그래야지

어느 곳에서든
웃고들
그 꽃이 핀다고들
해요

꽃 II

세상 모든 것이 꽃이다
너도 꽃이고 나도 꽃이다
그 무엇이든 꽃이다

세상 삭막한 것은 급히 지나쳐 살기 때문
가까이 가서 보면 꽃들은 다 웃고 있다
지나치면 놓치는 그 꽃들
급히 가던 길 멈추고 들여다보라

관심 가지고
너도 웃고 나도 웃는 관심
그 배려하는 마음들
누구든 그 무엇이든 꽃이 된다
웃음
꽃

꽃이 아니어도 꽃이 된다고 한다
웃음 활짝 웃고
모두 꽃이 된다고 웃고들 하네
이 꽃
저 꽃
저요 저요
꽃

꽃밭

그거
좋은 것 같은데
꽃밭

아슬아슬
꽃길을 걷고 있네
하나라도 꺾으면
문제가
되어

예뻐

예뻐 예뻐

그렇게들 보면
다들 예뻐

꽃들이 피는 것도
어디서든

누가
웃고들 있는 것도

있으나 마나

누구나 할 수 있는 그 소리

있어도 그만
없어도 그만인데

그렇다고는 해도
모두가 다
있으나 마나

그런 일에 끼어들고는
세상에 참말로 누가 봐도
에고 에고 아이고 아서라
말도 되지 않는 일도 다 있다

에라
모르겠다
그 모두가
꽃으로
핀다고 하네

꺾꽂이 I

꽃이 좋다고는 해도
한 번 꺾어서 보다가
금세 시드는 것 보고
버릴 것들 같으면
그대로 두는 것이 좋다

꽃만이 좋아
꺾는 그 행위
실제로는 한 개인만의
욕심이다
꽃이 스스로 지면
그 꽃들 빈자리에
씨앗을 품고 있는데

꺾꽂이
화병에서 시들고 있는
여러 꽃들이
다발 다발로 뭉쳐
화를 내면서

그네들 에고
꽃밭에서의 화려했던
지난날을
그리워하네

번뇌의 시간, 꽃으로 피다

꺾꽂이 Ⅱ

꺾인 꽃이
열흘 넘게 가는 것 봤다더냐

저 꺾인
꽃들

겉으로는 웃고 있어도
속은 죽을 맛이어라

꺾꽂이
그 하는 짓
보는 이 좋다고 해도
보여지는 꽃들로선 아니어라

화병
그 화병이

화가 나는
병이기도 하이

그 꽃

활짝 웃고 피어
그 자신에게도
보고 있는 이들에게도
기쁨이더니

그 꽃
사랑받고 떠났다
아쉽게들

가슴에
그네들 꽃씨 한 움큼
품에 안고는

내년에 다시들
보자고 하네

겨울이 춥다고 해도
봄을 기다리는
마음이다

그 꽃들이 가슴 속
그 품에 안고 있는
씨앗 한 움큼

긍정의 꽃

힘들어도 웃고들 사는 그것들

잡초든
사람이든

누가 보든
보기에 좋다

긍정의 꽃

꽃님네들
그런 사람들을 보고 웃네

활짝 예쁘게 피어

들꽃

낮에는
길 가는 사람들에게

웃고들 피어
즐거움을 주고는

밤이 되면 저 하늘
수많은 별을 쳐다보며
내일은 어떤 희망의 웃음을
주면 좋을까
밤이슬 맞아 가면서도
그 들꽃 잠든 모습이
노숙이면 어떠냐며
자고 있는 그것이 노숙이어도
모두가 함께 웃는
꿈을 꾸고 있네

들꽃

밟혀서도 사는 잡초들도
그 밟힌 것이 뭐 대수더냐
살다 보면 모르고들
그럴 수도 있다며
웃으며 꽃을 피우고 있네

그 들꽃 들꽃
어렵게 길거리에 내몰린
사람들에게는
길모퉁이 한구석에서
여기저기 핀 그 꽃들의
웃음 짓는 자태가

허허 웃고들 살아가는
희망이더라

그 들꽃
사랑

일상

늘 하는 일이네
아침에 일어나 꽃나무 화분에 물을 주다가 가만히 생각
해 본다
어느 집이든 그 집에 말이네
그 집안에 화분 몇 개 없는 집이 있을까
그건 분명 아닐 것이다

그러고 보니
늘 하는 일이네
그 일상
모두가 함께하는 일이다

화분에 물을 주고 있네
그것도 웃으며 하면 그 모두
꽃으로들 피는 일이네

물을 주고 있는 나는 웃음꽃
화분에 있는 꽃나무는 예쁜 꽃

무엇이 되었든
사람들이 아니고서도
정성을 다해 정을 나누고 사는 것이
꽃으로 피고 참말로
재미가 꽤 쏠쏠하네

모두가 다들
꽃으로 핀다고 하네

그것 하나하나
웃고들
바라본다

정성들여 물을 주는
그 꽃

슬픈 꽃

할미꽃
고개를 숙여
저 산 아래 내려다본다
무슨 걱정이 그리 많은지
그 슬픈 꽃

할미꽃
말고도
슬프게들
떨어져 내리는 그 꽃

천년의 세월 거슬러
낙화암의 삼천 궁녀 강물에 뛰어내리고
지금도 백마강 그 흐르는 물결에
세월 그 세월을 뛰어넘어
꽃잎처럼 나빌레라

하얀 꽃잎
떨어지는 것

그것을 안타까운 마음으로
아무 말 없이 바라본다

그 떨어지는 것들
눈물이 되어

매화꽃

봄이 왔다고 알리는
그 꽃 매화

홍매든
백매든
다른 꽃들보다 일찍 피어
이른 봄 하늘을 수놓고 있다

빨갛게들
하얗게들
활짝들 이쁘게
여기저기에 피어

빨간 그 꽃
하얀 그 꽃들
둘 다 아름다운 건 매한가지
폼을 잡고는

봄봄
그 봄이
왔다고 하더이다

봄봄

미소

소리 없이
웃고들 있는 그것

모나리자의 은은한 그
미소가 아니어도

대개는 다들 꽃으로 핀다

아이들이
웃고 있는 것을 본다

꽃의 모습 아닌 것이 없어라

다들 미소 띤
그 얼굴

아이고들
모두 보기에 좋네

아이들 말고도 모두가
꽃의 모습이어라

웃고들 있는
그 얼굴

너도 있었구나

숨어서 피는 그 꽃
수줍은 듯
웃고들 피는 그 꽃들

숨바꼭질
보물 찾는 그 곳에
숨은 그 꽃

수줍게 웃고
피어 있는 그것도
보물이어라

너도 있었구나
숨어 있는
그 꽃

꽃씨

꽃씨 하나
가슴에 품었습니다

아주
작은 가슴에요

그 꽃씨 하나
모두의 마음속에서
예쁘게 보기 좋게
웃음으로 꽃을 피우고

그 가슴 속 마음도
봄이어라

가슴에
품은 그 꽃씨 하나

웃고 있는
꽃이 되어

아름다운 세상이 보입니다

꽃님네들이 말을 하네

그
아름다운 세상을
웃고들 말을 하네
보인다고

그 꽃님네들
말고도

활짝 웃고 있는 것 보고

늘 항상 거기에 있었다

꽃은 그래도 된다
웃음이어서

거기 그대로
부처님의 미소가

절로 꽃인가요
하고서는 그저 웃는다

웃음꽃

모두가 꽃이라고 한다
핀 것들은 모두가
산이든 들이든 어디든
피어 있는 것들은 모두가 꽃이란다

꽃만 그런가?
사람도 그렇다
웃고 있으면 그렇게 된다

웃고 있는 얼굴
웃음꽃
그 얼굴들 모두가 꽃이다

꽃도 꽃이고
사람도 꽃이다
그저 웃고만 있어도
그렇게 된다

웃음 치료에 가보면 안다

웃고 있는 이 얼굴 저 얼굴
다들 꽃인 것을

활짝 핀 웃음꽃
꽃도 꽃이고 사람도 꽃이다
피어 있는 것들은 모두가 꽃이다

즐겁다
웃고 있는 것들은
꽃도 사람도 그렇다

보기에도 좋다
웃음꽃

인생

돈으로도
살 수 없는 것이
마음이더이다

인생
마음이 꽃인 것을
그걸 모르고 살았네

마음 말고도 그 모든 것이
꽃이었던 그것을
뒤늦게 보게 되는

꽃님네들
그 모습

가고 싶은 꽃길

겨울나무가 하는 말
가고 싶은 꽃길
그 길이 봄에만 있지 않다네

그네들 눈꽃 송이
하얗게 얹혀 있는 그 모습이
어찌 보이냐 하며

그 겨울나무가 하는 말
추운 겨울에도
눈꽃 송이 하얗게 날리고 있는
누구든 가보면 마음에 들 것이라고
좋은 꽃길이 있다고 자신만만

그 겨울나무 숲
고즈넉한 느낌으로 걸어가 보라네

무엇이 보이는가?
하얀 축복처럼 보이는 그것이
눈꽃인 그 세상

꽃 같은 마음

꽃을 좋아하는
그 꽃 같은 마음

서로 어울려 웃고들 사는
그런 마음이어라

꽃이 피네
그 꽃님이 사람들과 어우러져
예쁘게 웃고 있네

꽃을 좋아하는 마음
꽃 같아 보이는
그 마음

웃고들 사는
그런 마음

2부
기대어 선 것들

소복

소복소복
눈이 쌓이네

눈만 쌓이는 것이 아니다

소복
작은 복이 쌓여지고
하얀 눈 쌓여
하얗게 빛이 나는 것처럼
그런 마음이어라

소복소복
그 소복

소복한 사람들
큰 욕심들 안 내고
눈사람과 함께
웃고 웃고들 있네

서로 보기 좋게
행복한 모습
한 컷 찍네

입춘

뜬구름 잡네

모락모락
피어오르는 봄의 향기
그 아지랑이를 말이네

입춘
봄을 기다리는 그 마음이
꿈만은 아니어라

입춘대길 건양다경
대문에 붙이고 있는
그 입춘첩

그걸
보는 것만으로도
마음은 벌써 봄이어라

모락모락 피어오르는 그

아지랑이들 말이네
봄의 향기들

아이고
봄이어라
신나게들 봄이어라

기분 좋은 마음으로
들떠서들이지

뜬구름
잡네

물속

물속에는
하늘도 있다

연꽃이 하는
그 이야기

물속
그 하늘
마음으로 보네

그림자

누군가의
발밑에 사네
그
그림자

검은 모습
원래부터 검고 까만 것은
아니었으리라

그 마음들이
늘 그늘져 있다

빛이 강하게 비치면 비칠수록
무언가 뒤에 숨어
검게
검게

바다

그 바다 끝에서
이런저런 희망을 보네

해가 붉게 떠오르는 저 모습
빨갛게 물들며
힘차게
희망이
하늘 높이
뜨는 것을
보고 있다

회

회를 뜬다

맛있게들
먹기는 하는데
그 회

살아 숨 쉬고 있는 물고기
그 생선들의
숨죽인 아픔이다

누구에게도
말 못 하는
그 고통

호수

넓은
호수를 바라보고 있다

그 호수가
보여주는 것 모두 다
물의 마음이다

수도꼭지를
틀어보면 아네

호수

쭉쭉
뻗어나가는
그 마음을
알 수 있네

비

봄비만 있는 줄 알았는데
그 비

오는 것이
여름비도 있었네

소낙 소낙

작은 것이
큰 것이 되어

비가
오네

게 눈

눈 똑바로 뜨고
앞을 쳐다본다

뵈는
게
없다

게 눈

두 눈 똑바로 뜨고도
보이는
게 없어

옆으로
긴다

등산

올라가는 그 가파른 길에서
힘들게 땀을 흘리는데
그 길가에 핀
꽃들의 미소를 본다

오르고
또 오르고들
그 등산

등산하고
내려오는 길에서도
그 길가에 예쁘게
피어 있는 꽃들이
웃고 있는 것을 보네

긍정

가던 길 잠시 멈추고
길가에
웃고들 핀
꽃님네 바라보네

그 가던 길
멈추고 서네

생각들이 바뀌는 순간
꽃님네 웃는 모습이

내 마음 안이어라
끄덕

모란시장

5일마다 사람들이 모여
꽃으로들
피어 있는 그곳

사람들 웃고들 있지
그 자체가 웃음꽃이어라
다들 모란꽃처럼 피네

그
모란시장

먹고
마시고
기분 좋게 즐기고들

그곳에는
각지에서 몰려든
다양한 식재료와 여러 생활용품
가지각색이 서로 어우러져

하모니를 이루고 있네
없는 게 없다

여럿이 모여
꽃이 되는 그곳

모란꽃 영롱한 여러 빛깔로
5일에 한 번씩
행복한 모습이려니

저마다
가끔은 스스로
꽃이 되려는 그런 사람들에게
이리로 오면 그리된다고
손짓하네

웃고들
유혹하고 있네

그 봄

봄
그 봄
무엇을 보고 있나
꽃이 피는 것을 보고 있네

그 봄
보고 있는 것들이
웃고 있네

모두가 웃고 있으면
꽃이려니 하네

그 꽃

기대어 선 것들

나무에 기대어 서 있네
의욕이 없네
무엇을 해야 하는지

쓸쓸해 보이는
그 모습에 힘이 없어
딱하기는 해도
기대어 선 그들

언제인가는
어느 누군가에게
꽃이 되어보고 싶다고 하네

저 푸른 하늘 힘차게 바라보며
나도 꽃이어라
그러고 싶다 하네

예쁘게들
웃고

돌담

이 돌 저 돌 하나하나 고르고
온 정성 다해
담을 쌓네

돌담

아이고 참
정성을 다한 그것이
하필이면 담인고
담장 너머 보이는 것들이
돌담 그 담장 안에 있는 것을 보고

쓴웃음을 짓고
있다

모래로 지은 집

두꺼비가 알고 있다
단 하루도 그대로가 아닌 것을

그 집이 있는
저 바닷가
모래사장의 그 마음을

금세 부서지는 그 집이
두꺼비의 마음이더라

거품

바꾸는 순간

수많은 웃고 있는 저 들꽃처럼
아름다운 마음이 집을 나갔다

노숙이어도 좋다고들 하던데
겁이 없어 그러는 것인가

수시로 그 꽃의 마음이
하도 변덕이 심해

어딜 봐도 그렇고
그 예쁜 꽃 같지 않아

저러고 그렇게 있는
저런 그 g~랄들

삭제

슬쩍
웃고 사라지다

그 꽃이 슬그머니
주머니 속에서도

어쩌면
그런 꽃이어야 한다

웃겨요
그러는데
그래도 웃겨

시적 충격

머리를 흔들고
조 바람에도 나는
괴로워하는
그 흔들리는 것

그 꽃잎을 보고
또 보고 있어도

마음이
그 하는 일이
예쁜 꽃이라서

그 시에는
긴말이 꼭 그렇게
많이 필요하지 않다

변을 보다

휴지 세 장을
늘 함께 보낸다

가는 임에게
바치는 국화꽃처럼

그 희망

웃고들 피면
희망이 된다

다들 바라고 있네
그 희망

꽃으로들
피고 싶다 하네

어떤 꽃이든 상관없이
그러고들 있네

봄이 오는 소리

그 소리
봄이 오는 소리
마음으로부터 반갑게 맞이하네

봄비가 내리고 있네
주룩주룩

여러 마음에 흘러들어
그 마음 적시고 있네

촉촉해 좋은 그 느낌 봄이더라
봄이 오고 있는 소리이더라

느낌 느낌
그 느낌이 봄봄 하며

여기저기 어느 곳에서든
아주 예쁜 꽃으로들 피어 있네

그 봄빛

색깔을 입네
무슨 색이면 좋을꼬
너도나도 다들 기분 좋게 고민하네

빨주노초파남보
무지개 색깔 그 빛이
아니어도 좋다고 웃고들 하네

그 봄
그 봄빛에 핀 꽃이어라

일정한 색 따지며 선택한
그것이 아니어도

그 봄빛
여러 꽃님네
그 모습 보기에 좋네
빛깔 좋은 그 모습

3부
풍경소리

삭발

검게 자란 것들
밀어내고서 보니
시원하고 좋네

삭발
스님들의 까까머리가
왜 그런가를 알 것 같다

두리번거리고
또 두리번

반짝반짝
빛이 나 보이는

삭발한 내 머리가
어때 보여

석불

도공이 돌을 쪼개고 있다

한땀 한땀
정성 들여 떼어내고
조각조각
잘게 조각낸
그 하나하나를
모두 버리면

석불
은은한 미소 머금고 있는
부처님의 모습이
된다고 믿네

절실한 그 마음
버려지고
내려놓는 것들 뒤에서

은은하게 꽃으로 피어 있는
염화시중의 미소

그 웃음꽃을
본다

풍경소리

나는
그물망을 뚫고
지나가는 바람이다

물고기 한 마리가
엉뚱하게
그런 소리를 하고 있네

풍경소리

까까중 웃고 있는
스님들 모르게

산사의 절간
처마 밑에 외롭게 매달려

몰래
몰래

도예

둥글게
도자기를 만드네

흙에 생명을 훅훅
불어넣는 작업

숙련된 도공들만이 가능한
그 작업
그 도예

작은 사기그릇 하나
만드는 일에도 인내하고
뜨거운 불가마 앞에서
오랜 시간 참고들
기다리는 마음 없이는
할 수 있는 일이 아니라
그 도예

사람도
오랜 시간 구전으로
굽이굽이 전해져 내려오는
옛날이야기이네

그 사람도
신이 심심해
말벗이라도 만들어보려고
정성 들여 긴 시간 기다리며
곱게 흙을 빚어 만들어낸
작품이라고 하네

거짓

진실을 왜곡하고 있다

그런 것들
여러 번

거짓

늑대가
나타났다

백날 떠들어봐도
소용이 없다

양치기 소년이
저 혼자서
울고 있네
슬피

한 컷

사진 속에
담네

꽃이든
사람들이 웃고 있는
매 순간순간을

한 컷
그 사진 속에는
그림도 담겨 있네

보는 것만으로도
그림이네
하는 것들
사람들이 웃고
사는 모습

그 다채로운 풍경 속
그림도 한 컷

돌탑

탑을 쌓고 있다

크고 작은 돌을 모아
무너지지 않게
돌탑을 세운다

손에 든 크고 작은 돌
그 하나하나에 내려놓고 싶은
정갈한 마음 얹어
온 정성 다하고 있다

공들여 쌓는 그 돌탑에
사람들의 간절한
소망이 담겨 있다

눈물

기뻐서도 흘리고
슬퍼서도 흘리고 있네
그 눈물

비가 내리는 것도
그러하리라

주룩주룩
비가 내리고 있는
천변 가장자리에서

개골개골
청개구리 한 마리
엄마 무덤 만들어놓고
비가 오는 건 좋은데
무덤이 떠내려 갈까
가슴 한구석
찢어지는 마음이라

그래도
빗물만
주룩주룩

손으로 빚은 만두

둥근 그것들 안에
모든 것이 다 들어 있네요

인생 만두
그 속에는 이것저것 서로
웃고 어우러져 썩인 맛이 있다

파김치가
속상하게 인상 쓰고
만두 안에 넣을 그 속이어도
다들 웃고 있네
보기 좋게
둥근 모습으로 예쁜 꽃처럼
웃고 있네

어화라 둥둥
꽃이 피네

여기저기

뭐든 웃으며
먹고 사는 맛이 있네

누구네 할 것 없네
누구든 말이어라
그 인생 만두

폼

서 있는 나무처럼
늘 그 자리에 있는 꽃님네들처럼

폼

푸르거나
웃고들 있는 그것들
그 나무이거나 꽃님네들 등등
언제든 그 자리네
그러는 것이 폼나는 일인가 보다

음

길을 가다가
커다란 유리창 안에 갇혀 있는
마네킹을 보네

폼?

골목길

사라져가는 것들에서 슬픔을 본다
어쩔 수 없이 떠나가는 사람들
그들의 아픈 마음도 본다
내 유년의 추억이었던
그 골목길

개발한답시고
멋지게들 새롭게 단장했는데
원주민들은 온데간데없이 어디 가고
낯선 것들이 어리둥절 폼을 잡고 있네

낯선 규격화된 정원에 자리한
이 꽃 저 꽃들 말고도 온갖 잡것들
어딘가의 산골에서 강제로 이주해 왔을 법한
늘 푸른 소나무도 그러겠지만

새롭고 좋아 보이는 것들이
반듯하고 모두가 각이 져 있어
내 눈엔 그리 썩 탐탁하지 않네

다들 정들면 된다고 하는데
개새끼들은 또 왜 그리들 많은지
시끄럽기만 하네

이웃집 사는 사람들
문 꼭꼭 걸어 잠그고
그 하나하나가 아이고

골목길 골목길
그 골목길 그리워지고
지금 내가 있는 이곳이
아직은 퍽
꽤 낯설기만 하네

시골 밥상

푸짐한 시골 아낙의 인심을 먹는다

정갈하게 밥상에 내놓고 있는
그것 이것저것
맛깔나는 수많은 반찬이
이 사람 저 사람들의
입맛을 구별 없이 불러내고 있다
그 시골 밥상

웃고 있는 시골 아낙네의
큼직한 손맛이
마음에 담겨 있다

정성 들여 끓인 된장 시락국에서
여러 반찬 푸짐하게 널려 있는
시골 밥상의 넉넉한
인심을 본다

시기

별거를 다 샘하는구나
남이 잘되는 꼴을 못 보고들
꼭 한 번은 찔러 보네
그냥 덕담 한마디 건네면
좋은 일에도
마음들이 비비 꼬여 있구나

아이구 참
누구든 기회가 있는데

시기

그리움 Ⅰ

보고 싶은 그 마음
밤하늘의 별빛을 보네

그 별 반짝반짝
드문드문 빛이 나고
누군가의 가슴에 느낌이 되고
시가 되어 흘러간다

배를 타고 강을 건너
그 누군가를 만나러
가는 마음이어라

별빛이 흐르네
은하수 건너
강물 따라 흘러 흘러
마음들이 흐르는 것 위에
얹혀 있네

보고 싶은
그 마음

그리움 II

하늘 한 번 쳐다보고는
보고 싶다는 것을 말없이
아무런 생각도 않고 이야기를 하네
비가 흠뻑 내리고 있는
그 하늘 보고 말이네
글쎄 글쎄 하면서
떠나가는 것들이
미련들 떨며
저 푸른 하늘 어딘가에 있으려니
내리고 있는 빗물 흘러들어
마음속에 흠뻑
젖어 있는
비가

그 믿음

지금 존재하지 않는 것을 존재한다고 믿는다
어디에 있지도 않은 것을 있다고 믿네
웃고 있는 사람들을 보고 진짜 꽃이 아닌데
그 웃는 모습을 보며 진짜로 꽃이 피었다 하네

마음으로들 보는 그것 다
하늘의 마음이어라
꽃들이 웃고 있네

마음속
그 하늘 보며

동시

다 함께 같은 시간에
동시
아이가 쓴 시를 보고 있다

해맑게
때가 묻지 않은
그런 세상을 지금 보고 있다

날아라
새들아
저 푸른 하늘 나는 것을
아이들이 지금 그걸 보고 있다

노조

돈 더 달라
늘 하는 생각이
돈을 꽃으로 보고 있어

분명 꽃은 아니어도
꽃처럼 피는
저 파업이

쇠죽

이젠 빛바랜 사진 속에서나 볼 수 있는 그 쇠죽
그 소의 먹이 여물과 콩깍지 등등
이것저것 잡것들 섞어 죽 쑤는 일
지금은 그 어디에서도 볼 수 없는 일
힘든 일이더라도 정겹게 보여지던
그 옛날 모습이 하나둘 말없이 사라져 가네
어찌해야 하나

그 쇠죽 힘들게 쑤느라고 고된
그 몸이 편한 것은 좋은데
아쉽게 그 정겹던 마음도 사라져가는 것이 아닌지
음메 하며 송아지가 밥 달라는 그 소리를
쇠죽 쑤고 잊혀 가는 것의 여운으로 듣네

시골길 가던 길 멈추고
소 대신 논밭 가는 트랙터 그 경운기를

아 옛날이여
그 마음으로 보고 있다

장독대

'한국인의 밥상'의 항아리가 즐비한 어느 시골집
무척 보기 좋아 한껏 부러운 마음

어린 시절 어메의 장독대에 담긴
아련한 모습이 한가득

간장 고추장 된장 등이 담겨 있던
우리 집 뒷마당 양지바른 곳 그 장독대
어메어메 우리 어메의 모습도 함께
지금은 없는 일이어라

한가득 밀려오는 그 그리움
큰맘 먹고 아파트 안이지만 장을 담근다

오랜만에 만져보는 메주의 향이
과거를 거슬러 진동일세

남쪽 베란다에 장독대 대신 벽돌 몇 장 깔아
간장 항아리 엎어놓고 대견스레 쳐다보니

잘될까 염려하는 마음도 함께

남쪽으로 향한 아파트 창문 활짝 열어
따사한 햇살 가득하길 바라는 마음
열려 있는 그 베란다 창문 안에

저 하늘 어딘가에 계신 어메 생각
어린 시절 장독대가 있던 마당 넓은 옛집 등
잊지 못할 그 생각에 마음 한구석이 어수선하니
모두가 지금은 없는 것에 대한 그리움

메주 향기 가득

짝사랑

마음을 열어
보이지 못한 것이
후회로 남아 있다

짝사랑
마음속의 그것을
미처 말하지 못하고

그 어쩔 수 없는 안타까움이
가슴 속에 숨어

수줍게
꽃으로 피어 있다

시골 인심

돌담 너머 오손도손 오가는 정
지나가는 객에게도
돌담길 그 담장 넘어 반갑게
웃음 진 얼굴로 손짓하며
커피 한잔하고 가소
쉬었다 가도 좋다고 하네

도심에서는 언감생심 볼 수 없는
정겨운 풍경 그 시골 인심
그 정을 나누고 하는
그런 인심들이 말일세

시골 아낙네들의 예쁜 그 미소
누가 봐도 꽃의 자태였는데
지금은 아주 오진 시골이 아니고선
사라져가는 모습이어라

어찌들 생각하는지
시골 아낙네들 그 웃는 모습

꽃이어라

꽃님네들 웃고 있듯이 보였는데
그 꽃으로 보이는 것들이 아쉽게 지네
가지각색 새롭게 변하고
그 시골 인심 그 옛날 아낙네들은
이젠 다 가고 사라졌네

길가에 핀 이 꽃 저 꽃
소박하게 피어 있는 들꽃만이

요기 이쁘네
조기 이쁘다
다들 이쁘면 되지

수줍게 웃고들
피어 있고
그저 그것이면
되었다고들 하며

해

무얼 해
뜨는 해를 보네

지는 해도 보네

해
같은 해라도
하난 희망이고
다른 하나는 마감이어라

노을 노을
그 붉은 노을

새벽에는
희망이었던 그것이
석양엔 빨갛게들
쓸쓸한 뒷모습 안 보이려고

무엇을 해
수줍게 진다

종이학

천 번은 접어야 날아가고
학이 된다는
그 종이학

보기에 좋다고
주둥이가 큰 병에 갇혀

날고 싶은 것은
그저 꿈이어라
그 종이학

꿈이어도 누군가와
언젠가는 함께
날고 싶은 마음에

우리 모두
그 좋아하는
학을 접네

소리 소음

흐름은 같은데
그 흐름 알고 들으면 소리이고
모르고 들으면 소음이다
알면 즐겁고 모르면 시끄럽다

굿거리장단도 덩기닥 따 덩따다 덩 알아야 흥겹다
천둥소리 시끄러워도
꽈과가광 쿵쾅거리는 운명 교향곡은

알면 소리이고 모르면 소음이다
인생도 알고 살면 음악과 같고
모르고 살면 그냥 아우성

온 세상이 시끄러운데
소리와 살지 소음과 살지
그건 선택의 자유

소리 소음 고요한데
혼잣소리해 본다
소리 소음 없이

4부
명분 없는 전쟁

개그

웃기고들 하는
그 말 잔치

개그

이 맛 저 맛들 보며
하는 지식 체험
그
개그개그

학문을 닦고
항문을 닦고

둘 다 종이가 필요해
그중에 하나는

밑 닦기 화장지로
쓰이는 휴지

은퇴

나이가 들면
저절로 알게 되는 그것
은퇴

그
은 테두리에
금테만은 못해도

은은한 빛을 내고 있다

은테 안경을
끼고서
다시 보게 되는
그런 세상

시간 여행

오래된 사진첩을 꺼내어
보고 있다

시간 여행
사진첩
그 속에 있는
나를
보고 있네

시간을 거슬러
과거의 나를

아버지

어머니라는 이름의
그늘진 곳에
그림자처럼 있네
그 아버지

어디서든
어머니 하면
엄마라며 살갑게들
다가서는데 말일세

아버지 하면
아이고 왜들 그러는지
한 발짝 물러나서 바라본다
씁쓸하게들 그러네

검은 그림자를
보듯

소녀상

꽃이고자 했는데
누군가의 손에
꺾였습니다

소녀상

꽃이고자 했던 그
예쁜 것들 피눈물 나게
꽃이든 여인이든
그 어느 것이라도
보고만 있어도 좋을 것 같은데
욕심들 내고는 꺾네

아이고
거 뭐하는 짓인지

꺾인 꽃의 그 마음이
꽃이 아니어도

슬프다고 하네요
에고 에고
세상에 그 욕심들 내고

멀쩡한 것의 마음을
아프게 하는
그런 일도
다 있네

희망

희망은 가꾸고 갖는 것
버리는 것이 아니다
그 희망

마당에 나무를 심고
잘 자라기를 바라는 마음
그 희망을 가져본다

누구든
마음만 먹으면
할 수 있는 일
그 어디서든지 그러네

화단에 꽃씨 뿌리고
잘들 가꾸어
예쁜 꽃으로
피어나기를 기다리는
그런 마음

시

마음을 열어보는 일이다

바쁘게들 살아
가슴 한쪽에 묻어 두었던
꽃씨 하나 웃고들
다시 꺼내 보네

시
너에 대한 시를
쓰고 있다

가슴 속 깊은 곳에
숨어 있던 이 꽃 저 꽃들
그 꽃들의 웃고 있는 모습을
세상 밖으로 드러내 보이는
일이기도 하다

꽃씨 하나
꽃으로들 피어
웃고자 하는

그 시를
기분 좋은 마음으로
쓰고 있네

기회

꼭두새벽
아침
일찍이 일어나
부지런히

높이 나는 새가
멀리 본다고 하네

하늘
저 높은 곳에

기회
그 아련한 기회

사람도 그래

꼭두새벽에 일어나
부지런 떨며 집 밖에
나가서 봐야

해가 뜨는 것을
볼 수가 있네

하늘이시여

뜻하는
바가
무엇인지 묻습니다

아
아아
하늘이시여

십자가에 못 박힌
주 예수님의 빨간 피 흘림이

사랑이던가요
고통인가요

무엇인지 묻습니다

저 하늘 푸르기는 한데
아 그 하늘이시여
상처받은 마음들이 너무도 빨개

그것도
사랑인지요
묻지 않을 수 없네요

그 빨갛게들
아파 보이는
그 사랑

길이 끝나는 곳에서
길을 내주고 있다

구약에 나오는
그런 모세의 기적 같은
바닷길이 아니라

절망에 헤매고 있는 사람들
그 막다른 길목에서

임시직

잠깐
빛을 보고 사라지네

빛 같은
그
임시직

장난을 치고
있다

보라보라
다들 그 보라
이 사람 저 사람들
그 사람들

흔들고 있네
임시

보트

영어로 vote

권력 있는 자를
뽑는 그것

투표하는 것을 말한다
사전에 말일세
그
보트

누구에게 해야 하나
선택권은

vote

아이러니하게도
힘이 없는
유권자에게 있다

보트

시인의 마음

낯설게 표현하기는 해도
모든 것을
품고자 한다

수많은 모든 사람의
마음 안에
그 시인의 마음

세상 그 모든 것이
꽃으로 피길 간절히
바라는 그 마음

쉼

조금은
여유롭게

모두가 말이네
그렇게들 살면 좋겠다

쉼

꽃들이 웃고들 피는 것도
사람들이

웃고들 있는
것도

오래된 책

낡고
세월의 덮개가
묻어 있는

그 오래된
책에는
특유의 향이 있다

어떤 사람들은 말하기를
난초과의 다년생 난초에서
피는 황록색 꽃에서 나는
그 바닐라 향 같다고 한다

다른 어떤 사람들은
오랜 시간 손때 묻은
추억의 향내라고도 한다

오래된 책
그것을

향기로운 마음으로
즐겁게들 웃으며
다시금 손때가 듬뿍 묻어 있는
책장에서 기분들 좋게

아이고 이 냄새가 말일세
참말로 좋네 하며
꺼내어 본다

포장마차

소주 한 잔의 유혹

해가 지니까
그 소주 한 잔 생각이 나네

포장마차
닭똥집 꼼장어 오뎅 국물 등 모두가
간단하게 술 한 잔 부르는 맛이다

소주든 맥주든 어느 술이든
그 술 한잔들 거나하게 취해야
달리고 달려 마시고 마셔
맘껏 그렇게들 해야
제대로 굴러가는
그 포장마차

신문

어제 일어난 일과 함께
컴컴한 새벽 배달꾼의 손에
이집 저집 대문 바닥에 죽은 듯
누워 있다가 어느 구독자의
잠자던 새벽을 깨우는
그 신문

해가 뜨는
새날이 밝은 것을
보는 일
그 신문

꼭두새벽
컴컴한 어둠 속에 누워서도
대문 열리기를 기다리는 마음
비만 오지 않으면 된다

젖어 있으면
모두가 질색

치매

잃어버린 일들
그 생각들이
길바닥에 버린 것도 아닌데

치매
그 사라린 일들
그것을 기억할 수가 없네
답답하게 어떤 일이었는지 까마득하네

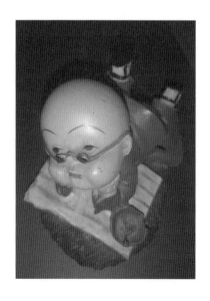

그 치매
어두운 밤길을 걷는
기분이어라

아무리 애를 써도
생각나는 것이 없네

거울 안 자기 얼굴 쳐다보며
아는 얼굴 같은데
깜박깜박하면서
갸우뚱

누구지 하며
웃고들 있네
허허

재개발

이주가 시작됐다
정든 것과의 이별이다
함께했던 이웃들은 각자 어딘가로
흩어졌고
내 유년의 기억들은 돌아올 기약도 없이
그냥 허물어져 내렸다
훗날 나는 되돌아올 수 있어도
기억은 더 이상 이곳에 거주할 수 없다
재건축 또는 뉴타운!
무리수가 추억을 버렸고
일부 어렵게 살던 이웃마저
솎아 버렸다

후일 다시 와 이곳에 살면
어떤 기분일까?
새롭다고 좋을까!
공동 거주이긴 하나
이웃한 삶이 없는 아파트
옆집엔 누가 사는지?

개 짖는 소리만 여기저기!
개들 세상이다
개판 말이다
저기 아파트가 그랬다
여기라고 다를까?

이젠 함께 거주할 수 없는 기억!
우린 새로워지자고 너무 많은 걸 버렸다
재개발 여기가 끝이었으면 좋겠다
마당 마당이 그립다.
상호 엄마 잘 가!!
못내 아쉬움인데
저 별도 이 별도 눈물만 글썽이네!
비가 내려 스산한
이 가을에

폐비닐

누군가의 집에서
내용물 모두 내주고 쫓겨난 폐비닐
쓰레기장 한구석에 누워
갈 곳 없어 고민 중이다

오갈 데 없는 신세
버려진 것들의 운명이라고는 해도
내용물 모두 빼앗기고 쫓겨난 것도 서러운데
또 한 번의 상처를 받고 있다

한때는 재활용 쓰레기로 꽤 쓸모 있었는데
재처리 비용 문제로
갈 곳 잃고 방치된 채
모두가 무관심이다

모든 걸 내어주면 그렇게 된다
폐비닐 말고도 다 그렇다

길거리에 누워 잠드는 건
이제 일도 아니네
노숙과 폐비닐
어딘가 닮아 있다

현(絃), 악기의 줄

팽팽하게 너무 조이다가 보면 끊어진다
그렇다고 그대로 놔두면 늘어져 제 기능을 하지 못하고
만다
소릴 낼 수가 없다
너무 쪼지도 말고 너무 풀지도 않아야 소리를 낸다
줄이 그렇듯 때로는 사람도 그렇다
현란한 리듬을 보면,
현명한 사람들을 보면 알게 되는 세상 이치다
지난 시절,
스스로 조여가며 팽팽하면 소릴 내며 잘 살 줄 알았다
힘이 있었을 땐 늘어진 것은 죽음과도 같았다
그런데 그 시절 보내놓고 보니
지나치게 팽팽하고 너무 늘어진 것도 모두 쓸데없는 일
이었음을
이젠 말년인데 비로소 느낀다
끊어지거나 늘어진 것은 다 쓸모없다
힘만 믿고 깝죽대다 너무 늦었다
깨달으면 그래도 해 질 녘 노을 아름답고
현란하다고 하는 현 줄의 적당한 조율이 그나마

느지막이 살길이다
현명하다는 현 또한
깨달음이 이제라도 늦었다고
늘어져 있으면 안 되는 까닭이다
줄을 타면 즐겁고 현을 타면 흥겹다
늦었다고 이제라도 즐겁고 흥겹다면 다를쏜가

황혼이라 해도 노을빛도 아름답다
소리하고 싶어 늦어 버린 깨달음
적당히 늘어진 줄 당겨 현을 타 본다
진작이었으면 더 좋았을걸

악기의 현은 줄과도 같아 소리도 내지만 즐겁다
"줄을 타면 신이 났지,"
현, 아름답고 밝기도 하다

돋보기

사는 것이 늘 그대로인데
보이는 것도 늘 그대로인데

돋보기

크게 보려고 애를 쓴다
유리알 볼록하게 둥근 그것
가까이에 들이대고
그러고 있네

손만 이리저리 움직인다고 해서
커지는 것이 아닌데

다들
어쩌자는 것인지

늘 그대로인
그것들 보고 그리하네

사진관

그곳에 가면
누구든 웃고 있는 그 모습이
추억이 된다

김치 김치
버터 좋아하는 사람들은
치즈 치즈라 해도
웃고들 그 추억이 된다

사진관 그곳에는
많은 사람의
지금은 빛이 바래 보이지만
옛날 한참 때의 기억이 있네

오래된 것
잊혀진 것들
사라져가는 것들의
의미 있는 안타까움이 있네

그 사진관에
나와 우리들의 옛 모습을
다시금 보고 싶어
가끔은
일부러라도
찾아간다

죽어서 천국

흔히 기도하면 그렇게들
말을 하고 있다
죽어서 천국

살아서 그 기쁨 누리지 못하고
아이고 하느님 맙소사
그렇게들 말을 한다

그러고들 보니 그렇다면
지금 살고 있는 이 세상이
허망한 것인가

그건 분명 아닐 터인데
곧 죽어도 여전히 죽어 천국
기도를 꾸준히 하면서
그렇게들 말을 하고 있네

죽어서 천국
그것이 더
실상은 울고불고 허망한 일인데
애고 애고 참말로 그렇게들 하네

하느님 맙소사
기막힌 그 소리

부활

예수님의 부활을 이야기하는 것은 아니어라
십자가의 그 모습이 아니어도
여기저기들 자세히 들여다보면
그 비슷한 것들이 세상에는
그냥들 지나쳐서 그렇지 숱하게 있네

빨갛게 상처 난 것을 보게
얼마나 아플까
더듬더듬 보듬고들
다들 대개 믿는 마음들 가지고
분명 치유될 것이라고 믿는다

그 믿음
부활을 믿는 마음이
생각하는 그것이 아니면
누구든 할 수 있는 일이 아니어라

아프기는 해도
수많은 그 고통 가운데
보게 되는 희망

명분 없는 전쟁

NO
WAR

전쟁이 있어서는 안 되네
어떤 경우라도
모든 사람에게
씻을 수 없는 상처가 되고 있다

울긋불긋 지는 낙엽이 아닌 데도
가지각색 추풍낙엽처럼
대책 없이 쓰러져가는
저 수많은 죽음 앞에서
우린 무엇을 다시금 생각해야 하나
너무도 처참하여 참말로
말이 나오지 않는
그 슬픈 모습
아무리 곱씹어도
그 명분 없는 전쟁

이유도 모르고 죽어야 하는
저 처참한 죽음이 그저
길바닥에 아무렇지도 않게
멀쩡한 모습으로 누워 있네

왜들 그러는지 그 누구도
생각지 않았던 서글픈 일
슬프게 누워 있는
죽은 자의 그 모습

하늘도
무심하시지
슬픈 일이어라
다시 생각해 봐도
두고두고 가슴에 상처로 남을
처참하고도 슬픈 일이어라

아
하늘이시여

저 높은 곳이시여
굽어살펴주소서

다들 가슴에 손을 얹고
간절히 기도하는 마음으로
안타깝게 하소연해 보네요

NO WAR
NO
WAR

그 명분도 없는
애절한 전쟁

무덤

죽은 자가 아무 데나
무덤덤 비참하게 누워 있다

난리여라 울고불고
큰일은 산 자의 몫이어라

있어선 안 되는 전쟁
무차별 포격에
거리거리 아무 데나

무덤덤하게 누워 있는
죽은 자의 그 모습
고통스러운 마음으로 바라본다

아무 데나가
그저 무덤이 되어버린
저 길거리의 모습

하늘이시여
아 저 하늘이시여

비참한 현실에
말이 되어
나오지 않는 그 마음

저
저 무심한
하늘 쳐다보며
원망 가득하다

무차별 포격이 전하는
저 아수라장 그 모습
지옥이 따로 없네

해로

시간이 지날수록
깊어지는 그 마음

해로

함께하는 오래된 부부의
늙은 마음이어라

거기에는
등 굽은 새우의
넓은 바다를 누비던 마음도

조금쯤은
남아 있다

세상 사는 일

싫어도
말이어라
누군가 칼질을 해야 하네

육회를
생선회를
먹는 그 일도
부드러운 두부를
먹는 일도 말이어라

세상 맛나게 사는 일
잔인해 보여도
그 누군가 칼질해야 하네

어느 것 하나
그 맛있게 먹고들 사는 일
쉬운 일이 아니어라

그 세상 사는 일
아슬아슬하게 그 칼날 위에 서 있네
세상 모질게 살아가는 그 일

부메랑

무언가를 냅다 던졌더니
다시 돌아오네요

나눔도
그렇다더라

저쪽에서
반으로 쪼개진
콩 두 쪽이
웃고들 있어요

번뇌

세상 그 사는 일이
번뇌로다

그렇다고는 해도
이왕이면 좋은 일에
그랬으면 좋겠네

번뇌
이것저것 사는 일이

고민해도
고통을 감내하며
꽃으로 피는
모든 탄생의 기쁨처럼

세상 그 사는 모든 일이
힘들어도 견디어내면
모두가 꽃이더라

우리가 살아가며 걱정하는 일
모두가 번뇌여도
이왕이면 좋은 일에 다들
그리하였으면 좋겠네

하늘엔 영광
땅에는 평화

외양간 고치는데 그곳에는 없다

그
소

불난 집 불판 위에서 웃고들 있어요.

그것도
꽃처럼 보이는 저

강 건너에 그

불
꽃

이 세상에서 가장 많은 시를 쓰는 시인

박관식 / 소설가

번뇌의 시간, 꽃으로 피다….

김동우 시인의 처녀 시집 제목이 아릿하다.

그렇다.

아마 그랬을 것 같다.

당연히 그랬을 것이다.

그만큼 살았으니, 어느덧 우리 나이가 이렇게 되었으니 분명히 번뇌가 맞다.

다만 나름대로 아름답게 살아온 만큼, 그 번뇌를 꽃으로 피울 수 있는 재주와 능력을 다행히 갖추었음이라.

그런데, 시인은 지금까지 과연 아름답게 살아왔을까?

아니다. 진정 그것이 아닌 듯하다.

왜 그랬을까?

요컨대 먹고 사느라 힘들었을 법하다.

김동우 시인은 약력에도 나와 있듯이 서울예대 문예창작

학과 1984학번으로 신입생보다 10살쯤 더 많은 늦깎이 대학생이었다. 만학도였던 나 역시 그보다 더 어렸으나 제대후 입학해 동병상련의 그 마음을 잘 안다.

하지만 나는 그가 좀은 특이한 생각의 소유자인 걸 제대로 알지 못했다. 시를 쓰면 충분히 잘 쓸 수 있는데도 구태여 쓰지 않은 듯한…. 그 당시 시를 제법 잘 쓴 그의 동기생인 김우연, 장석남 시인은 현재도 열심히 시작 활동 중이다.

그런데, 1학년 가을 학기 시창작 강의를 맡은 최하림 선생님도 김동우 형에게 "시를 쓰면 잘 쓸 텐데 안 쓰는 것 같다"라고 편잔을 주신 듯하다.

또한 최인훈 소설가 선생님도 총학생회장에 출마한 그에게 "쓸데없는 짓을 한다"고 일갈했던 모양이다.

실제로 그와 1차 선거에서 맞붙은 이후 가까스로 2차 선거에서 이겨 총학생회장이 된 장본인이 바로 드라마제작사 협회장까지 한 박창식 전 국회의원이다.

특이한 것은 그뿐만 아니다. 그는 1학년 때 6월 9일 반포 성당에서 결혼까지 했다. 우리는 그런 데 관심이 없었으므로 그 이유와 흑막을 잘 알지 못했다.

왜 그랬을까.

왜 그래야만 했을까.

그 후 세월이 흘렀다. 그 시간은 시를 충분히 잊고 살기에 충분했다.

그런데 그것이 아니었다.

"시를 만 편 이상 쓰다 보니까 아주 짧고 그 느낌이 큰 것

은, 그리고 생각보다 긴 것은 내가 쓰는 게 아니라는 생각이
드네. 누군가 불러주는 대로 받아쓰는 것 같다네. 어찌들 생
각이신지 나는 전혀 모르는 일이어라. 참말로들 그러네~."

지난 늦여름 문득 만난 그가 잘 알지 못하는 그 누구의 게
시로 엄청난 양의 시를 쓰고 있다는 사실을 처음 알았다.
그야말로 충격이었다. 3만 편 이상의 시를 쓰다니…. 게다
가 꽃 사진도 3만 장 이상 찍어 간직하고 있다. 진정 그것이
가능할까. 하지만 거짓같이 사실이었다.

그리고 드디어 나는 아주 오랜만에 행복을 맛보았다.

이보다 더 아름다운 포만감이 있을까.

김동우 시인의 시는 쉽게 이해되지 않는 작품도 적지 않
다. 고도의 은유와 상징이 집약된 작품, 선시(仙詩)의 오묘
한 철학적 사유를 담은 시도 눈길을 사로잡는다.

하루가 다르게 세상이 변하는데 시만 변하지 말라는 법
이 있을까. 물론 시도 전시대의 음풍농월(吟風弄月)에 머
물러 있을 수만은 없다. 그러나 변모(變貌)도 바람직한 변
함과 그렇지 못한 것이 있다.

시는 물론 모든 예술 창작은 출산의 고통과 희열을 겪는
다. 시인은 시초(詩草)가 잉태되면 그것을 시심의 배 속에
서 키워낸다. 다만 그 기간이 태아처럼 일정치 않다는 것만
다를 뿐이다.

그런 의미에서 김동우 시인의 시적 출산은 아주 오래된
전리품이기도 하다. 그래서 앞으로 더욱 기대된다.

과연 그는 앞으로 어떻게 변신해 나아갈까.